LES TROIS SOURCES

DE

SAINT-GALMIER,

PAR

LE DOCTEUR **MUNARET,**

Membre de plusieurs Académies, etc.

LYON.

IMPRIMERIE DE DUMOULIN ET RONET,

Rue Saint-Côme, 6, au 1er étage.

—

1849.

La proximité de St-Etienne, de Lyon et de Montbrison avec les Eaux de St-Galmier permet aux habitants de ces trois cités populeuses de s'en procurer avec facilité et à peu de frais. Ces Eaux, mêlées avec le vin dont on fait usage, activent singulièrement la digestion et forment une boisson très-agréable.

Pour se procurer des eaux gazeuses de la source BADOIT, aussi fraîches et aussi naturelles que possibles, il faut s'adresser, à Saint-Galmier, à M. BADOIT, propriétaire. On en trouve également à ses dépôts indiqués (25e et 26e pages).

Ces Eaux sont expédiées telles qu'elles sont prises à la source, sans avoir subi aucune préparation. Il n'en est pas de même de celles qui font sauter le bouchon avec force.

Chaque bouteille devra porter sur le cachet le nom de M. LADEVÈZE, médecin-inspecteur des Eaux.

Le nom de M. BADOIT devra aussi se trouver en-dessous du bouchon.

Lyon. — Imp. Dumoulin et Ronet, rue St-Côme, 6.

LES TROIS SOURCES

DE SAINT-GALMIER.

Les eaux minérales sont à la mode. — Il y a vingt ans, ce remède-plaisir n'était qu'à la portée du riche podagre et de la petite maîtresse vaporeuse; — aujourd'hui, votre portier, s'il souffre ou s'il s'ennuie, veut et peut *aller aux eaux;* — chacun de nous espère y trouver de la santé, de la force, de la jeunesse, du repos, des distractions, enfin un soulagement quelconque aux maladies du corps, aux peines de l'âme et aux agitations sociales.

L'utilité des eaux minérales est désormais incontestable; — mais laquelle, de deux rivales appartenant à la même famille, saline ou sulfureuse, froide ou chaude, mérite la préférence? — C'est au public qu'il appartient de décider une semblable question; — on se trouve bien ou mal dans tel ou tel établissement — on y guérit ou on n'y guérit pas, c'est la loi et les prophètes.

Cette rivalité ira croissante; — chaque département veut posséder une piscine, — et l'industrie, avec la baguette de l'abbé Paramel, découvre de nouvelles sources, et plus *abondantes* et plus *riches* que les anciennes. — A l'appui, je citerai Saint-Galmier et ses trois sources.

Dans les derniers jours du mois d'avril, je rencontrai à Lyon, le fermier des eaux de St-Galmier, M. Badoit, excellent homme, qui me parut plus soucieux que ne le permet la jovialité de son caractère. — J'avais sa confiance, il avait tout mon intérêt, et bien vite j'appris que la concurrence, cette mauvaise fée des temps modernes, s'était installée sur les bords de la Coise, pour troubler la limpidité de ses eaux· — En effet, une seconde source avait été découverte à côté de l'ancienne Fontfort; une troisième venait de sourdre du même rocher, et pour la faire connaître, M. Badoit, son propriétaire, était venu à Lyon, arsenal des affiches, des annonces et des réclames. — Enfin, lui dis-je, vous n'avez été que menacé dans vos intérêts, et puisque vous avez à présent une source de consolation, il faut y boire.... — Ou plutôt y faire boire le public, me répondit-il, et pour cela, docteur, vous pourriez me rendre un important service...— Lequel ? — Faire une promenade à Saint-Galmier, déguster des trois sources, et me permettre de publier... — Mes impressions, n'est-ce pas ? — J'allais vous le dire. — Pour deux motifs, je refuse, mon cher M. Badoit, je ne veux pas que M. Dumas m'intente un procès en contre-façon; en second lieu, le public attrapé ne croit plus aux *impressions*, et quand j'écris, je veux être cru. — Venez toujours, ajouta-t-il, n'avez-vous pas une petite dette à régler avec Saint Galmier?

Cette réflexion me gagna : — En effet, je ne digère, pendant les grandes chaleurs, qu'avec l'aide de son eau bienfaisante et apéritive; — je serrai la main de mon interlocuteur, et avant de nous séparer, le départ fut fixé.

De Lyon à St-Galmier, deux chemins, — la route

de Montbrison, par-dessus les montagnes d'Izeron et de Duerne, et qui traverse Chazelles, bourg insignifiant; — et le chemin de fer de Saint-Etienne.

Le touriste sacrifie au dieu des Athéniens, l'inconnu; — j'optai donc pour le chemin de fer que je ne connaissais pas.

Deux jours après, nous entrions dans le lourd omnibus qui transporte les voyageurs au débarcadère de Perrache. — Le ciel était bleu, l'air tiède, printannier; — la journée sera belle, comme je vais en profiter! — Mais le moyen de voir, d'observer, dans un wagon, *robe d'hiver*, *robe d'été* ! — Pourquoi nous priver de voitures découvertes? — Est-ce incurie de l'administration, ou mesure de prudence à cause des nombreux percements de la ligne? — J'en étais là de mes décevantes réflexions, quand une nuit profonde vint m'avertir que nous traversions le premier *tunnel*, celui de la Mulatière, long de 400 mètres, — le jour nous revint plus resplendissant et plus prompt que celui d'une rampe de théâtre... je m'emparai d'une portière.

A gauche, c'est le Rhône, qui descend rapide comme notre locomotive; et par-delà le fleuve, le Dauphiné, les Alpes. — A droite, le joli village d'Oullins, — St-Genis qui me rappelle l'exil d'un pape et d'un roi; — Irigny, dont le télégraphe semble agiter ses deux grands bras pour nous souhaiter un bon voyage;—Vernaison ceint de pampres comme une bacchante, et Grigny si gracieusement accoudé sur la dernière ondulation de la colline.

A toutes ces cheminées d'usine qui fument, j'ai reconnu Givors, — halte au débarcadère. — Si je pouvais aller serrer la main d'un ami!—Impossible, me crie-t-on, en voiture! — et nous voilà lancés à toute vapeur, dans l'étroite, sinueuse et aride vallée du Gier, nous disparaissons sous un tunnel qui a mille mètres de longueur.

Bon Dieu! quel site aride et désolé! quelle ville noire et morne que Rive-de-Gier! — Rien que des fours à coke, des forges, des verreries, des puits d'extraction de houille, et sur les coteaux qui passent rapides devant nous, de longues et hautes cheminées; — je me crois, un moment, dans un cimetière égyptien, entouré d'obélisques.....

Enfin, le paysage s'agrandit, se colore, se déride... Voici la jolie ville de Saint-Chamond; — si animée, hier, avec ses fabriques de lacets et ses moulins à soie, et qu'on dirait endormie maintenant au fond d'une riante vallée, hamac magnifique, gris et vert.

C'est le long de ce ruisseau qui traverse la ville, que Bernard de Jussieu rencontra, pour la première fois, les empreintes de plantes renfermées dans les schistes du terrain houiller sur lequel nous voyageons, qui commence à Rive-de-Gier et se prolonge en amont de Saint-Etienne : — le *bassin houiller de la Loire* est le plus riche de France.

Voilà de tes miracles, ô industrie! — ce morceau de charbon, extrait de la terre, combiné avec une étincelle de feu et un peu d'eau, produit la vapeur, l'étonnante vapeur, qui lance et emporte dans l'espace ce convoi de trente wagons, avec une vitesse de trente kilomètres à l'heure! — J'allais avancer la tête pour jouir de ce spectacle, toujours nouveau pour moi : « Prenez garde, me dit mon voisin, nous approchons de Terre-Noire. » — C'est le souterrain le plus long de Lyon à Saint-

Etienne ; — 1,500 mètres ! — Il forme le passage du versant de la Méditerranée, par le Rhône, le Gier et le Janon, à celui de l'Océan, par le Furens et la Loire.

A travers de grandes tranchées et sur de grands remblais, nous arrivons au port sec de Saint-Etienne.

— Ouf ! permettez-moi de descendre, conducteur ; je désire voir la patrie de mon ami Janin et de mon fusil de chasse.

— C'est encore impossible, monsieur, — à moins de prendre l'omnibus ; — Saint-Etienne est là-bas, dans ce vallon brumeux, au pied du Pilat.

En effet, au Pont-de-l'Ane, notre voiture, à la destination de Roanne, se sépara du convoi de St-Etienne, et arrivée au hameau de la Terrasse, où se trouve l'embarcadère, il nous fut permis de descendre. Je descendis.

En cet endroit, le bassin houiller présente son plus bel évasement ; les collines qui l'enceignent sont plus vertes, plus boisées ; çà et là, des maisons de campagne plus somptueuses qu'élégantes.

— M. Badoit, quel est ce village, à notre droite, perché si pittoresquement sur ce grand cône ?

— Saint-Priest.

—Les minéralogistes s'arrêtent pour étudier sa base gigantesque, aussi vieille que le monde, masse de quartz ou pétrosilex plus ou moins calcédonien....

— Pardon, cher docteur, il ne faut pas que le pétrosilex vous fasse oublier que les places d'impériale sont à présent disponibles et recherchées. Ne vous arrêtez pas.. montons !

Nous sommes sur le premier chemin de fer qui ait été construit en France, — celui de Saint-Etienne à la Loire ;

— il n'a qu'une voie , ses courbes sont défectueuses , —
n'importe, notre diligence, dont on vient de lever les
freins; se met en mouvement, reprend sa course rapide,
sans autre moteur que la pente du terrain qu'elle par-
court , et s'enfonce dans les méandres délicieusement
accidentés du Furens....

Je n'ai pas vu en Suisse et dans les Pyrénées , un vallon
plus frais, plus agreste... Cette heure passée sur l'impériale a été bien courte ! — Déjà le vieux bourg de la
Fouillouse où l'on fabriquait les arbalètes au 11e et 12e
siècles ; — déjà l'embranchement de Roanne avec An-
drézieux.

Une locomotive nous attend pour nous remorquer, car
la rampe est rapide , mais elle est courte.

Nous entrons dans la vaste et fertile plaine du Forez ;
le point de vue est grandiose... — Du haut de mon bel-
véder roulant, je vois la Loire aux flots paisibles et ar-
gentés , je pourrais compter les manoirs , les métairies ,
les villages , les étangs... — A gauche , cette chaine de
montagnes violettes sépare le Forez de l'Auvergne ; — à
droite , des côteaux riants et bien cultivés , les bois
historiques de la Fouillouse, le joli village de St-Bonnet ;
plus loin , celui de Champbœuf, dont le clocher rustique
fait silhouette sur le bleu du ciel. —Tous ces coteaux forment un vaste hémicycle , au milieu duquel est assise la
petite ville de Saint-Galmier, but de ma promenade.

Ses vieilles maisons, étagées les unes sur les autres ,
sur le versant d'un môle ; — dans les interstices, ses jardins et ses blanches terrasses , — me rappellent Alger.—
C'est, en effet, la même situation topographique ; seulement, au lieu de la mer, la plaine ; — mais cette plaine

du Forez fut, dit-on, un vaste lac — Je maintiens ma comparaison.

Quoi qu'il en soit, l'aspect de Saint-Galmier est charmant ; son exposition est des plus hygiéniques, — sud et sud-ouest ; — on l'aime à première vue : c'est un paysage sympathique.....

A la station des Vouaches, un cabriolet nous attendait et nous emporta bien vite à l'hôtel des eaux. — La distance du chemin de fer à la ville est de trois kilomètres environ ; pendant la belle saison, un service d'omnibus, organisé par M. Badoit, fait ce trajet à chaque passage des diligences.

D'après quelques traditions historiques, Lepidus et Plancus commandaient dans les Gaules, lorsque des vétérans de la 12e légion, stationnés à Feurs (*Forum Segusiavorum*), découvrirent, en remontant la rivière de la Coise, la source dite Fontfort, goûtèrent de ses eaux et furent étonnés de leur goût piquant et agréable. — Plusieurs d'entre eux fixèrent leur séjour dans le voisinage de cette source, invités par la bonté de ses eaux et la beauté du site. — Une bourgade s'éleva peu à peu sur le monticule, reçut et conserva le nom d'*Aquæ Segestæ* jusqu'au 7e siècle ; — à cette époque (650), elle choisit pour son patron, un de ses enfants, le diacre *Galdimerus*, d'où St-Galmier (*Urbs sancti Galdimeri*).

A l'appui de son antique origine, la ville de Saint-Galmier possède des vestiges de construction romaine : — un pont d'une seule arche, aussi hardie que pittoresque, jeté sur la Coise ; — et plusieurs piscines en terre cuite, découvertes dans le clos *Forissier*, à côté des sources mêmes. — L'indifférence privée ne les livre pas à la curiosité des étrangers, c'est bien regrettable... Ces certificats d'origine, pour les eaux de Saint-Galmier, vaudraient autant que les rapports d'une Académie.

J'ai visité l'intérieur de la ville ; la plupart des rues sont étroites, tellement contournées et en pente, que les voitures ne peuvent presque pas y circuler.

Un peintre pourrait dire : c'est pittoresque. — Malheureusement, le pittoresque n'est pas ce qui plaît et attire la majorité des buveurs ; ils estiment, par-dessus tout, le bien-être, le confort de la vie, selon toutes les exigences permises à la fortune de chacun ; — mais je me hâte d'ajouter que les hôtels qui leur sont spécialement destinés sont au bas du monticule, sur les bords ombreux de la Coise, à la proximité des sources et d'une belle promenade.

Saint-Galmier est le chef-lieu d'un des plus riches cantons du département de la Loire, à 32 kilomètres de Lyon, 20 de Montbrison, et 8 de Saint-Etienne. — La population est de 3,000 habitants environ ; on les dit très-affables, d'un commerce facile, et je me plais d'ajouter que leur réputation est de bon aloi.

Les deux principales ressources de cette ville (1) sont des marchés très-importants, — et les eaux minérales dont l'exportation devient de plus en plus considérable. — Ainsi, la moyenne actuelle des malades qui se renouvelle, pendant la saison, est de six cents environ, et, d'après mes calculs approximatifs, on doit puiser, pour le dehors, dix mille bouteilles par jour.

---

(1) Je dois signaler une troisième industrie à Saint-Galmier, c'est la peinture sur verre. L'atelier de MM. Mauvernet et Pagnon mérite une et même plusieurs visites.

Saint-Galmier possède un petit hospice desservi par quelques bonnes sœurs de St-Charles. — En hiver, il abrite les vieillards et les chauffe, et ses quinze lits sont à la disposition des pauvres malades de tout âge, pendant le reste de l'année. — De l'extrémité de la galerie couverte qui règne au pourtour de la façade, le panorama est admirable ; l'œil peut plonger jusqu'à Feurs et Montbrison.

Une assez belle église, bâtie au quinzième siècle, sans architecture extérieure, occupe le point le plus culminant du monticule. Je recommande à l'attention des connaisseurs un petit chef-d'œuvre : c'est un autel votif à la Ste-Vierge, fait d'un seul bloc de pierre de liais, orné de modules, de frises et d'arabesques du plus beau fini. On l'a doré, c'est dommage !

A présent, cher lecteur, descendons de la ville et visitons les sources : *Hic, gelidæ fontes.*

La première, je l'ai déjà dit, a reçu le nom de *Font-fort*, par qui? — Je l'ignore. — Pourquoi? — Janus Cæcilius Grey va nous l'apprendre : *In Coisum fluviolum Fori Segusianorum, instuit exequi fontis aquæ, ob mira quædam dicta* FONS-FORTIS, *primum enim si in sextorium vini effundas quartam hujus aquæ partem minimè dilatum censebitur vinum.*

Traduction libre : « L'eau de la Fontfort vaut du petit vin ! »

Papire Masson parle aussi de la Fontfort, dans son *Traité des Fleuves de la France,* et en signale la même propriété étonnante à une époque où la chimie ne pouvait pas encore l'expliquer.

Le savant Raulin, dans un *Traité analytique des eaux*

minérales, et Richard de la Prade, dans son *Analyse des Eaux minérales du Forez*, les mentionnent avec plus de détails scientifiques. — M. le docteur Ladevèze, médecin-inspecteur, a publié, en 1833, une notice sur les eaux de St-Galmier, dans laquelle il a su faire apprécier, avec le tact d'un praticien habile et la plume d'un littérateur facile et même élégant, — les propriétés médicales de cette eau et les beautés du pays.

Un pavillon octogone recouvre le puits ancien, dont les parois sont revêtues d'une maçonnerie en briques, enduites d'un ciment très-dur, analogue à celui dont les Romains faisaient usage dans la construction de leurs aqueducs ; — une galerie demi-circulaire, en contre-bas du sol, a été pratiquée pour faciliter l'usage de deux robinets.

L'eau est très abondante ; — en 1763, le puits fut vidé et rempli jusqu'à son niveau ordinaire, — trois mètres cinquante-cinq centimètres environ, — dans l'espace de vingt-six heures.

A droite et à côté du pavillon, à la même distance de la Coise, —des suintements depuis longtemps remarqués dans les caves d'un cabaret, provoquèrent des fouilles en 1843, et l'eau, la même eau jaillit... — Un pharmacien de Lyon, M. André, en obtint la concession en 1845, et l'exploite aujourd'hui.

M. Badoit était fermier de la source Fontfort depuis 1837 ; auparavant le prix de ferme n'était que de quelques centaines de francs, il en offrit à la ville trois mille, et l'obtint. — Bien convaincu de l'excellence de cette eau minérale et de la nécessité de la faire connaître autant qu'elle le méritait, cet habile industriel risqua des frais considérables pour l'exploiter plus convenablement, embellir les alentours de la fontaine, et lui donner la plus grande publicité possible. — Pendant plusieurs années, tant de dépenses excédèrent le produit, sans le déconcerter, — et ce fut au moment qu'il allait se récupérer de toutes ses avances, — profiter de son activité rare, — et de la réputation extra-européenne acquise par lui aux eaux de Saint-Galmier, — que la concurrence arriva.

Mais, (passez-moi ce proverbe) : A bon chat, bon rat. M. Badoit acheta une parcelle de terrain attenant au cabaret qui cachait la source André, — fit creuser et obtint un filet d'eau, physiquement et chimiquement identique aux deux premières sources (1).

— Eh bien, me demanda M. Badoit, — après ma visite aux trois source, — qu'en pensez-vous ?

— Trois robinets au même tonneau.

— Cependant, docteur, la source André est plus gazeuse que la Fontfort, et la mienne, vous n'en rirez pas, l'est davantage que les deux autres.

— Et moi, j'ose vous soutenir, trop candide propriétaire, que la source André est plus gazeuse que la vôtre... dans les prospectus. — M. Ladevèze a écrit et vient de me répéter que la quantité de gaz acide carbonique varie, presque tous les jours, sous la moindre influence atmosphérique, dans toutes vos sources.

---

(1) Il est très-probable que d'autres fouilles, dans le voisinage de la source Fontfort eussent été couronnées du même succès; — ces fouilles ont eu un commencement d'exécution ; mais les propriétaires réunis des trois sources, en invoquant la nouvelle législation, relative à l'exploitation des eaux minérales, obtinrent leur suspension.

— Cependant la Fontfort est intermittente et les deux nouvelles sources sont continues ?

— Parce que leurs puits, le vôtre surtout, sont plus profonds que l'ancien.

— Cependant ma source est plus achalandée que les autres; les habitants de Saint-Galmier viennent préférablement y boire : ceci est de notoriété publique.

-- Parbleu, je le crois bien, les habitants de Saint-Galmier savent que vous avez passé plusieurs jours et même plusieurs nuits, au fond de votre puits, avec un ingénieur des mines, M. Grosrenard, pour isoler, le plus complètement possible, l'eau gazeuse de celle qui ne l'est pas; -- tandis que M. André, pressé d'en finir avec son puits, par la peur d'une opposition de la part de la ville, a omis cette importante précaution. — C'est ainsi, mon cher M. Badoit, qu'entre deux vignerons qui recueillent le même crû, le public achète préférablement le vin le mieux conditionné, et il a raison.

D'où je conclus : 1° que les prospectus sont menteurs de profession ; -- 2° que l'eau minérale de St-Galmier est *une* et *indivisible*, comme devrait l'être notre république ; -- 3° que les analyses chimiques, même celles de M. O. Henry (de l'Académie de Médecine), ne prouvent pas que la source André, par exemple, est plus riche que la vôtre, pour quelques milligrammes de sel ou quelques bulles de gaz en plus (1), au moment de

(1) La différence, entre la source André et la source Badoit, est de 0,848, substances minéralisantes fixes, pour 1,000 grammes d'eau pure! M. O. Henry en a tiré les conclusions suivantes : « Pour la composition chimique, cette eau (la source Badoit) est presque semblable à « celles déjà connues à Saint-Galmier (Fontfort et source André); elle

l'opération ; — 4° qu'enfin la concurrence , la vente au rabais (1), n'est pas à craindre, — si vous persévérez dans l'intention de conserver la confiance publique, en soignant votre *embouteillage* comme par le passé.

Les buveurs ne tarderont pas à reconnaître , par comparaison , qu'une eau minérale gazeuse veut être le plus hermétiquement close pour être conservée long-temps et intègre. — Bouchez donc toujours bien , M. Badoit , et l'on vous débouchera....

Cela dit, nous nous quittâmes , M. Badoit, pour ses affaires, et moi , cher lecteur , pour compléter votre connaissance avec l'eau de Saint-Galmier.

Cette eau a été classée dans les acidules gazeuses ; — après l'eau de Seltz , elle est la plus connue, et je le dis par anticipation , elle obtiendra la préférence sur toutes les autres.

D'après le rapport de M. O. Henry, elle est froide, très-limpide, d'une saveur acidulée, fraîche, fort agréa-ble ; elle se conserve aisément sans altération ; ex-posée à l'air, elle dégage peu à peu des bulles de gaz acide carbonique , et, au bout de quelques jours , il se forme à sa surface une croûte cristalline de carbonate de chaux , qui se précipite bientôt au fond des vases. —

« doit provenir de la même nappe originelle et posséder les mêmes pro-
« priétés médicales. »

(1) La baisse du prix ancien, cinq centimes par bouteille, a obligé son auteur à des économies déplorables ; — ses bouchons sont moins longs, le liége moins fin, et il a remplacé le goudron par une capsule métallique.—Du reste, des eaux minérales naturelles, chez un pharmacien qui peut et qui est intéressé, comme propriétaire, à les falsifier, — sont en mauvaise compagnie.....

Soumise à l'action de la chaleur, l'eau de Saint-Galmier fournit assez promptement une grande quantité d'acide carbonique, et se trouble alors beaucoup en laissant apercevoir, au milieu du dépôt blanc formé, quelques petits flocons ocracés très-légers à la source ; le gaz acide carbonique vient crever, en bulles plus ou moins grosses, à la surface de l'eau du bassin, etc.

Mêlée au vin, l'eau de Saint-Galmier affaiblit moins sa saveur que l'eau commune ; lorsque ce mélange avec le vin rouge a séjourné pendant quelque temps à l'air libre, sa couleur devient plus foncée et se nuance en violet.

L'eau minérale de Saint-Galmier jouit d'une double action, — médicamenteuse et hygiénique. — Je vais la faire connaître séparément.

Comme médicament, la célébrité de cette eau est immémoriale dans le Forez : — « Depuis plus de cent soixante ans que la médecine est pratiquée à St-Galmier par ma famille, a écrit le docteur Ladevèze, toujours les salutaires effets des eaux de la Fontfort ont été remarqués et leur action soigneusement étudiée. »

Ce témoignage mérite la plus entière confiance, — il émane d'un médecin aussi instruit qu'expérimenté, — nature grave et sincère, — comme je l'ai toujours comprise, pour exercer honorablement et heureusement l'art de guérir.

En général, les thermiâtres préconisent, avec un enthousiasme trop intéressé, les eaux qu'ils administrent ; — mon confrère de Saint-Galmier a été plus sage dans son appréciation : — « Les eaux de Saint-Galmier, dit-il, ne conviennent pas à toutes les maladies, à tous les tempéraments ; elles doivent être rigoureusement défendues aux constitutions nerveuses et irritables, et aux malades qui sont frappés de la phthisie pulmonaire, ou de phlegmasies aiguës. »

Les maladies, pour la guérison desquelles l'eau de Saint-Galmier a fait ses preuves, sont les inflammations si fréquentes de l'estomac et des intestins, surtout lorsque ces inflammations n'ont pas encore atteint ou ont franchi la période aiguë.

Les vomissements spasmodiques, — la boulimie, — le pica, — le pyrosis, — la dyspepsie, — la diarrhée sans réaction; — toutes ces manières d'être de la gastro-entérite chronique, réclament l'usage rationnel de la même eau et guérissent avec un *merveilleux succès*, en leur donnant pour adjuvants l'exercice et un régime convenables.

« Jamais, de mémoire d'homme (je me plais à citer le docteur Ladevèze), on n'a vu d'habitants de St-Galmier souffrir de la présence d'une pierre dans la vessie; jamais aucun d'eux n'a été dans la nécessité de se soumettre à l'opération de la pierre; ils doivent cet avantage à l'usage quotidien qu'ils font de leurs eaux minérales, le meilleur, le moins irritant des diurétiques. »

D'après l'indication de cette précieuse propriété thérapeutique, que j'attribue à la présence du nitrate de magnésie, associé à plusieurs bi-carbonates terreux et alcalins, j'ai conseillé à plusieurs de mes clients affectés de gravelle et de catarrhe de la vessie, l'usage méthodique et prolongé de l'eau de St-Galmier, — et j'atteste qu'ils ont été ou guéris ou notablement soulagés.

La chlorose, la leucorrhée et la plupart des dérangements menstruels s'acharnent plus que jamais à tourmenter nos dames de la ville, parce qu'elles mènent

une vie trop sédentaire ou qu'elles abusent de la civilisa-
tion ; — pour en obtenir la guérison, il faut indispensablement que leurs intéressantes victimes prennent la
peine de faire une longue visite aux Naïades de la Coise.

Plus souvent qu'on ne le croit, — une éruption dar-
treuse est la conséquence d'une inflammation chronique
des viscères, négligée ou méconnue. — Tisane, rob et
sirop dépuratifs,—sulfureux et alcalins,—rien ne peut en
triompher.—Le mal augmente ou augmentera, si, au lieu
de ces remèdes incendiaires, vous n'éteignez pas le feu
intérieur et latent, dans des flots d'eau de Saint-Galmier.
— Le docteur Ladevèze explique de cette manière un
grand nombre de guérisons de dartres, et son explication
sera comprise par tous les praticiens qui réfléchissent
beaucoup et droguent peu.

L'action hygiénique et même prophylactique de l'eau
de Saint-Galmier, n'a été qu'indiquée jusqu'à présent ;
—elle mérite quelques développements pour fixer l'attention publique sur tous les avantages qu'on peut en at-
tendre, comme boisson.

« Les eaux gazeuses sont de puissants auxiliaires de
la digestion, a dit Raspail, et nul besoin d'éructation
suivant cette considérable ingestion de gaz acide carbonique, on peut conclure que ce gaz est absorbé par l'estomac. »

Un autre chimiste, trop tôt enlevé à la science et à
l'amitié, A. Dupasquier, précisa et, pour ainsi dire, localisa
cette question, en ajoutant : « L'eau minérale de Saint-
Galmier, mise en bouteille telle qu'elle coule à la source
et sans aucune addition artificielle, est une excellente
boisson, propre à entretenir les forces digestives pendant

les temps de chaleur. Beaucoup de personnes qui ne peuvent supporter l'eau gazeuse, font usage d'eau de Saint-Galmier sans en éprouver la moindre incommodité, c'est aussi pour cette raison que plusieurs médecins la prescrivent de préférence à l'eau de Seltz, dans les maladies où celle ci est recommandée. »

Vous ne comprenez pas assez, gens du monde, tout ce que vaut l'estomac, — ce laboratoire mystérieux où les substances de plusieurs règnes se décomposent, tous les jours, pour s'assimiler à votre sang, à votre chair, à vous même...

Vous ne le comprenez pas mieux, ô vous que le plaisir quitte trop tôt et qui n'avez plus que les consolations de la table, — parce que vous abusez du plus précieux de vos organes, en mangeant trop ou en mangeant mal.

Croyez-moi, il n'y a pas d'estomac si robuste, si capace, dont les parois en caout-chouc se distendent à l'arrivée de tout ce que son propriétaire ose lui envoyer, qui ne finisse par se fatiguer. — L'appétit vous quitte ; — bagatelle, dit un commensal de café, prenez un verre d'eau blanche, de vermouth ou de madère.—L'appétit ne revient pas, c'est trop peu pour entretenir votre docteur, et le pharmacien de la rue vous vend quelques grains de santé, des prises de jalap ou d'aloës....

Malheureux! arrêtez, il en est temps encore, — écoutez les conseils d'un ami, d'un médecin, d'un gastrosophe; vous ne pouvez pas manger ; eh bien, ne mangez pas ou peu ;—que votre nourriture soit douce et légère,—faites de l'exercice,—et buvez, à tous vos repas, de l'eau de Saint-Galmier. seule ou trempée de vin : ne pas boire de l'eau rougie, au premier service, disait

Brillat-Savarin, c'est sacrifier la jouissance future à l'orgueil présent.

Que de gastrites j'ai eu le bonheur de prévenir, à l'aide d'une semblable recommandation !

L'eau de Saint-Galmier,—c'est l'amie la plus dévouée à cette dixième muse qui préside aux jouissances du goût et qu'on a nommé GASTÉRÉA. — Votre estomac est mou, paresseux, débile pendant les ardeurs de l'été, — l'eau de St-Galmier, par sa fraîcheur inaltérable, par la coqueterie de son principe gazeux, le rafraîchit, le caresse et lui rend son activité première. — Votre estomac est las, par excès de gentillesse ; — cette eau le corrobore, en favorisant sa contractilité ; elle vous rend apte à dîner comme si vous n'aviez pas déjeûné, et à souper même, comme si vous n'aviez pas dîné... — Votre estomac est malade, impotent, — d'une façon chronique, à désespérer la médecine ; — la même eau le console et le prépare, avec quelques précautions, à un régime de plus en plus analeptique et réparateur.

— Enfin, ce pauvre estomac, affranchi des sangsues et de l'eau de gomme, entre en convalescence ; — c'est encore l'eau de St Galmier qui tempère ses ardeurs trop prématurées et conjure les rechutes.

Aussi, comme la réputation de cette eau grandit vite et partout ! — Elle figure indispensablement sur la table de l'homme du monde, riche, sensuel ou valétudinaire, qui prend au sérieux les jouissances d'une bonne digestion :

> Doux plaisir qu'un besoin sans cesse renaissant,
> Rend toujours plus aimable et toujours plus piquant.
>
> (BERCHOUX.)

On la demande, on la recherche dans les cafés, les hôtels et les bals ; — car l'expérience a démontré qu'on peut la boire impunément, alors même que le corps est baigné de sueur, que nulle boisson n'étanche la soif, davantage, plus agréablement et plus promptement. — Dans les pays chauds, elle s'acclimate et elle fera de faciles conquêtes. — M. Badoit l'expédie depuis plusieurs années en Suisse, en Italie, à Batavia, à l'île Bourbon et dans la plupart de nos colonies.

L'eau de Saint-Galmier, comme boisson, fera le tour du monde.....

Je laisse au médecin-inspecteur la tâche de diriger les malades dans l'administration de cette eau ; seulement, je dois dire et recommander qu'il faut autant que possible, la boire comme médicament, à son premier jet ; — le premier verre d'une bouteille de champagne est toujours le plus riche en gaz, et par conséquent le meilleur...

Boire toujours et à telle heure, — recommencer à telle autre, — boire sans cesse et sans soif, — voilà ce qui a été comparé par un buveur anglais, au supplice du (*tread-mill*) : on est délivré de ce supplice à St-Galmier. — Ce n'est pas, d'après la formule, qu'on boit cette eau si limpide et si agréable, le plaisir vous y invite. — Pas de régime sévère, peu de douches, point de *vaporium* et de toutes ces cérémonies que madame de Sévigné eut raison d'appeler une *bonne répétition du purgatoire.*

Saint-Galmier, comme tous les autres établissements d'eaux minérales qui jouissent d'une certaine réputation, est en progrès, mais à moins de frais. — On n'y trouve pas, comme à Baden, Vichy, Tœplitz, ou Carlsbad, de somptueux hôtels, mais des pensions propres et confortables ; — de beaux jardins et des parcs princiers, dessinés par la main des hommes, — mais les bords riants de la Coise et du Lignon célébré par Honoré d'Urfé, dans son roman de l'*Astrée* ; — mais des vals ombreux, solitaires, accidentés, au nord de la ville, où le promeneur peut s'égarer et rêver.... à tout ce qui lui plaira ; — mais de nombreuses courses ; intéressantes pour le poète, pour l'artiste et pour le savant, qu'on peut faire, entre deux repas, dans les environs de la ville et que je vais seulement indiquer :

A 4 kilomètres S.-E. de St-Galmier, dans la commune même, une mine de sulfure de plomb, qui n'est pas encore exploitée.

La ville de Saint-Etienne avec ses manufactures, ses édifices pub'ics, son Musée industriel et son aqueduc romain.

La ville de Montbrison, chef lieu du département de la Loire, où l'on arrive également par le chemin de fer, — ville très-ancienne mais rajeunie ; — du haut de la montagne dite du Calvaire, un des plus beaux panoramas de France ; — monuments publics à visiter et l'orgue de la cathédrale à entendre.

La ville de Feurs, — ancienne capitale du Forez, — beaucoup de débris qui attestent son ancienne splendeur sous les Romains.

Les ruines du château de Montrond, sur la rive droite de la Loire.

Le Mont-d'Isoure, — son temple d'Isis, dont le culte fut apporté de l'Egypte dans les Gaules, — plusieurs statues de la déesse, des vases, des médailles, des Harpocrates et des Mercures.

Les ruines du château de Marclop (*Marclopeium*) sur les bords de la Loire.

Les ruines encore poétiques de la forteresse de Saltz en Douzy, près de Feurs, où erre la grande ombre du Connétable de Bourbon.

Le château de la Bâtie, de tous les châteaux du Forez, le plus intéressant à visiter. — Site très-pittoresque. — C'est là qu'Honoré d'Urfé écrivit son *Astrée*.

Saint-Rambert, avec ses tours, ses bastions, ses poternes et ses remparts du 12e siècle. — Son église, une des plus anciennes de la contrée, fut un temple, élevé par les Romains, à Cérès.

Le château du Grand-Jean, visité par tous les artistes, à cause de sa position romantique, dans une anfractuosité des montagnes de l'Auvergne.

Le château de Bouthéon, — débris importants, — souterrain qui passe sous la Loire, tapissé de belles stalactites, et qu'on peut visiter.

Jourcey, — paysage de la plus pure nature alpine, — il ne reste que la chapelle de son antique manoir.

— Mais, docteur, je vous en prie, me dit M. Badoit, en venant m'avertir qu'il fallait déjeûner et partir, — parlez donc un peu aux buveurs qui n'aiment pas ou ne peuvent pas courir, — des commodités de la vie vulgaire et des distractions que je puis leur procurer à Saint-Galmier.

— A ceux-ci, je dirai qu'on trouve, à Saint-Galmier, et surtout à l'*Hôtel des Eaux minérales*, tenu par M. Badoit, dans le voisinage de la source et de la promenade, — *bonne table, bon gîte et bon lit*; — des journaux multicolores, — un billard, — un piano, — enfin tous les objets réclamés par les habitudes de notre époque, etc.

— Est-ce là tout votre programme, M. Badoit ?

— Tout, si vous ajoutez qu'on pêche, dans la Loire, de délicieux saumons et que nos buveurs en profitent.

— Bravo', M. Badoit, voilà une ÉPROUVETTE GASTRO-NOMIQUE ; — ce trait d'esprit vous portera bonheur !

Nous aurions plus longtemps causé, mais il fallut partir. — Pour revenir à Lyon, j'eus d'abord la velléité de prendre la voiture de Montbrison, et d'achever ainsi l'itinéraire commencé de Lyon à Saint-Galmier. — Mais, en l'absence d'un médecin, les heures sont comptées au chevet de tant de malheureux qui souffrent, que je me résignai à les économiser, en reprenant la voie ferrée.

Eh bien ! me disais-je en partant, le temps consacré à cette excursion médicale, ne sera pas perdu, si, en lisant ces quelques pages, j'ai le bonheur d'inspirer au public mon estime et ma confiance aux bonnes eaux de Saint-Galmier.

DÉPOT GÉNÉRAL.

A PARIS, chez **M. Guitel**, breveté, à l'ancien grand entrepôt
d'eaux minérales, rue J.-J.-Rousseau, 12.

DÉPOTS.

A Lyon , chez MM. Vernet, pharmacien, place des Terreaux.
— — Deschamps et Gros, pharm., r. St-Dominique.
— — Vezu, pharmacien, aux Brotteaux.
— — Benjamin Richard, fab. d'eaux minérales, rue Buisson, 3.
— — Bernard, herboriste, place des Carmes.
— — Boissonnet, pharmacien, à la Guillotière.
— — Lardet, pharmacien, place de la Préfecture.
— — Gastoud, pharmacien, rue St-Dominique.
— — Guillermont, pharmacien, rue Grenette.
— — Vallat, pharmacien, place des Cordeliers.
— — Rigollier, place St-Jean, 3.
— — Vally, négociant, montée du Chemin-Neuf, 1.
— — Crolas, pharmacien, à St-Just.
— — Bertrand, pharmacien, place Bellecour.
— — Vallin, pharmacien, rue de la Gerbe.
— — Buisson , ancienne pharmacie Gavinet , rue Louis-le-Grand.
— — Vial, pharmacien, à Vaise.
— — Roux Gerbay et Pion, quai Humbert.
— — Vermorel et Perrier, rue Poulaillerie.
A Mâcon . . . . Marin, quai du Nord, 18.
A Châlons-S.-S. . . . . Veuve Routy et Martin, pharmaciens.
— — Duchâtel, pharmacien, rue aux Fèvres.
A Besançon . . . . . . C.-F. Rouge aîné, négociant, Grande-Rue.
A Belfort . . . . Paillard, confiseur.
A Mulhouse . . . . . . Schwartz fils, rue des Boulangers, 27.
A Bâle (Suisse) . . . . Lotz-Zeslin, rue de Fer, près le pont du Rhin.
— — Em¹ Ramsperger, négociant, rue Franche.
A Strasbourg. . . . . . Jacquot, place Marché-aux-Herbes.
A Dijon . . . . Viallannes, pharmacien.
— — Ménéval, pharmacien.
A Saint-Etienne . . . . Domergue, limonadier, rue de la Comédie.
— — Bastide frères, pharmaciens, place Nationale.
— — J. Peyronnet, rue de la Croix.
A Montbrison . . . . . Pitiot-Tissier, négociant.
A MARSEILLE. . . . . **G. Laurens**, pharmacien, sur le Cours, 2.
A Roanne . . . . Mercier, pharmacien.
— — Eugène Roubaud, pharmacien.
— — Lacollonge-Renaud , pharmacien.
A Sury . . . . Rolland, maître-d'hôtel.
A Feurs. . . . . Veuve Rang, marchande épicière.
— — Triomphe-Duffier, marchand épicier.
A Rive de-Gier . . . . Benoît Combe, march. voiturier, r. du Mouille.

A Tarare. . . . . Goutelard, épicier.
A Bourg-Argental . . . Veuve Defour, marchande drapière.
A Saint-Chamond. . . . Berlier (Joannes), pharmacien.
— — Olagnier, pharmacien.
— — Moulin, marchand voiturier.
A Cluny près Mâcon . . Leschères, hôtel de l'Etoile.
A Annonay . . . . . . Charles Dufour, pharmacien.
— — à l'Hôtel-Dieu.
A l'Arbresle . . . . . . Félix Duperray, confiseur.
A St-Bonnet-le-Château. Coulaud, maître-d'hôtel.
— — Corbeille, id.
A Mornant. . . . . . . à l'Hôtel-Dieu.
A Voiron . . . . Brun-Buisson, pharmacien.
A Pont-de-Vaux . . . . Pacotte, pharmacien.
A Craponne . . . . . . Durand, pharmacien de l'Hôtel-Dieu.
A Givors. . . . · . . . Pierre Chiron, épicier.
A Vienne . . . . Eymin fils, négociant, place de la Caserne.
A Lons-le-Saunier . . . Passagay, docteur médecin.
A Salins. . . . . Durret, négociant, rue d'Olivet, 20.
A Gray . . . . Iselin, pharmacien.
A Bourg. . . . . Cartaz, pharm., successeur de M. F. Gay.
A Villefranche. . . . . L. Guittard, confiseur.
A Arles-sur-Rhône . . Viaud-Blanc et comp., commissionnaires.
A Brignoles . . . . . . A. Maille, pharmacien, place Carapey.
A Saint-Martin-la Plaine. Raymond fils, négociant.
A Thann (Haut-Rhin) . Schæuffele, pharmacien.
A St-Laurent-de-Cham. J.-B. Berger, liquoriste.
A Carpentras. . . . . . Ulpot, pharmacien.
A Genève (Suisse). . . A. et P.-L. Morin, pharmaciens.
— — Eugène Bonneville, pharm., Grande-Rue, 16.
A Grenoble . . . . . . Jacquin pharmacien, rue Lafayette, 10.
— — Guillot, pharm., successeur de M. Savoye.
Au Puy (Haute-Loire). . Chas, directeur de la halle aux grains, place
Saint-Pierre.
A Valence. . . . . . . Guichard et Daruty, pharmaciens.
A Nîmes. . . . . P.-A. Roux fils, bureau des messageries Galline.
A Sommières (Gard). . Ribeyron, propriétaire, buraliste.
A Montpellier . . . . . Sanguinède, pharmacien, Grande-Rue, 15.
A Toulon-s.-mer. . . . Mittre, pharmacien, rue Bonnefoi, 2.
— — Michel, pharmacien.
— — Denis Ricaux, pharm., place St-Pierre.
— — Blanc (J.-B.), négociant, rue de la Rivière, 21,
au Morillon.
Châtillon-les-Dom.(Ain). Pirodon cadet, marchand épicier.
A Saint-Genis-Laval . . Victor Rochet, limonadier.
A Alger . . . . Mathieu Bruel, confiseur, rue Neuve-Mahon.
A Batavia . . . . Jacques Lotz, planteur.
A l'Ile-Bourbon . . . . Mathieu, négociant.
A Nice . . . . . , . . Loni frères, négociants.

74